Üç Graf Tekeler

The Three Billy Goats Gruff

retold by
Henriette Barkow

illustrated by
Richard Johnson

Bir zamanlar Graf adlarında çok aç üç teke vardı. Onlar dimdik bir tepenin yamacında yaşıyorlardı. Tekeler yemyeşil otların hepsini yiyip bitirmişlerdi ve biraz yiyecek bulmaları gerekiyordu.

Once there were three very hungry billy goats called Gruff. They lived on the side of a steep steep hill. The Billy Goats Gruff had eaten all the green green grass and needed to find some food.

Teke Graflar aşağıda düz tarladaki taze yeşil otları görebiliyorlardı
ama onlara ulaşabilmek için köprüden geçmek zorunda idiler.
Ve o köprünün altında yaşayan, acımasız, aç bir ...

In the valley below the Billy Goats Gruff could see the fresh
green grass, but to reach it they had to cross over a bridge.
And under that bridge lived a mean and hungry ...

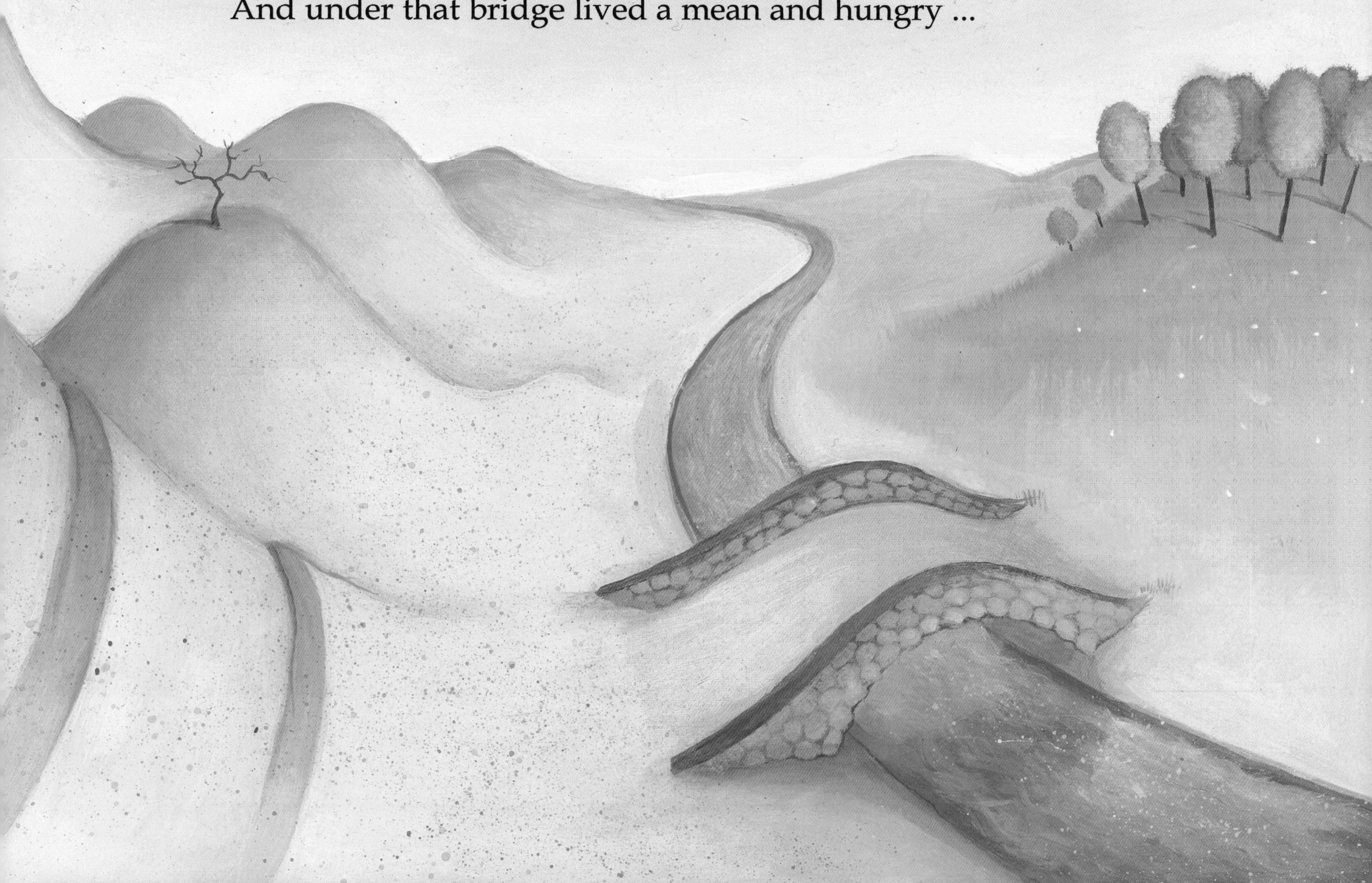

CANAVAR.

TROLL.

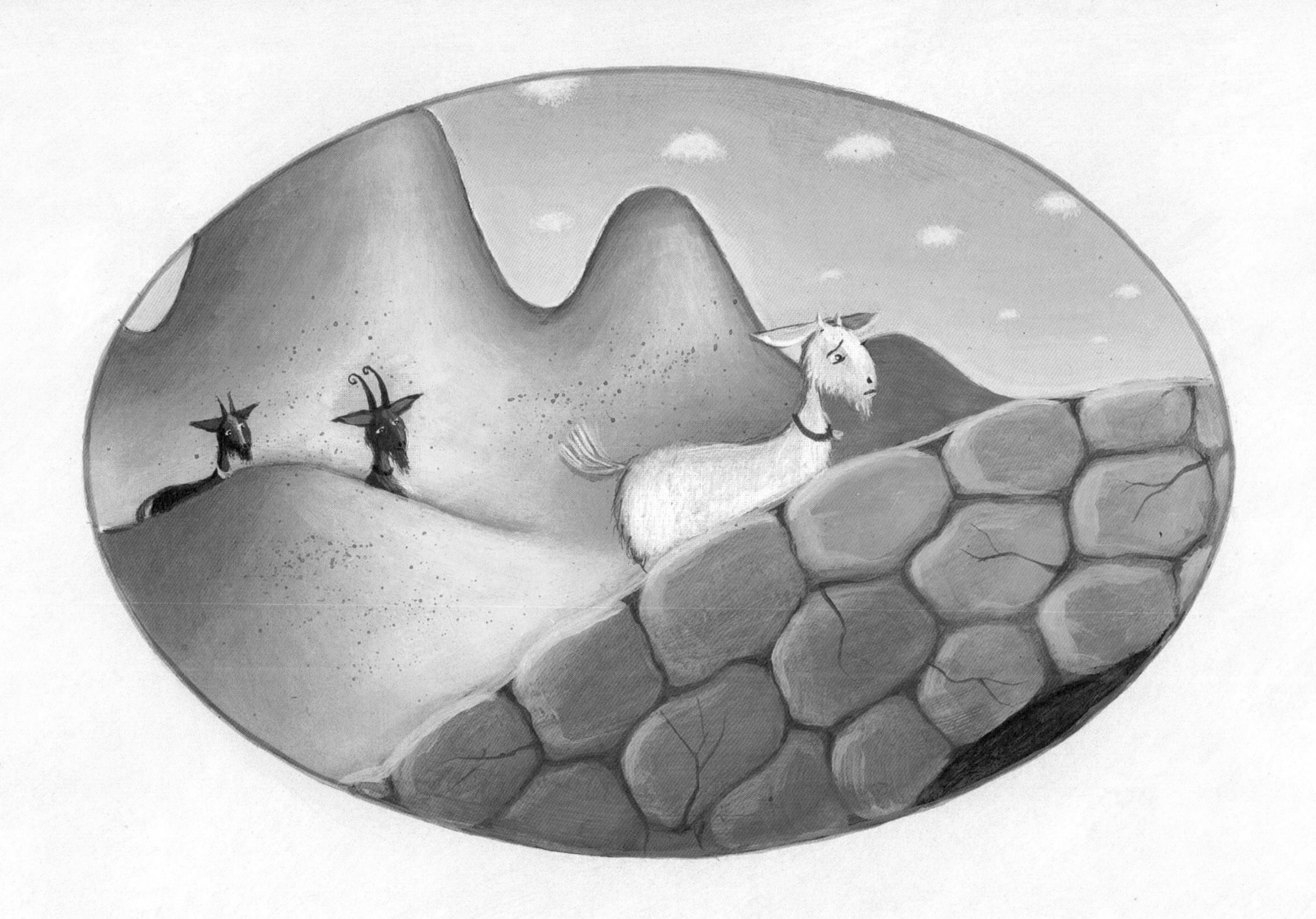

“Ben açım!” dedi birinci Teke Graf. “Ve ben şu taze yeşil otları yiyeceğim,” ve öbürleri onu durduramadan koşup gitti.
Takur tukur, takur tukur köprüden geçtiği anda …

“I’m hungry!” said the first Billy Goat Gruff. “And I’m going to eat that fresh green grass,” and before the others could stop him, off he ran.
Trip trap, trip trap across the bridge he went when ...

Bir ses gürledi: "**Benim** köprümün üstünde **takur tukurdıyan** kim?"
"Sadece benim," dedi en genç Teke Graf, küçücük ve titreyen bir ses ile.

a voice roared: "Who's that **trip trapping** on **my** bridge?"
"It's only me," said the youngest Billy Goat Gruff, in a tiny, trembling voice.

“Peki, ben acımasızım, ve ben açım ve ben seni yiyip bitireceğim!” diye kükredi Canavar. “Lütfen beni yeme. Ben küçük ve zayıfım. Benim ağabeyim geliyor ve o benden çok daha büyük,” diye yalvardı en genç Teke Graf.

“Well, I’m mean, and I’m hungry and I’m going to eat you up!” growled the Troll. “Please, don’t eat me. I’m only little and thin. My brother is coming and he’s much much bigger than me,” pleaded the youngest Billy Goat Gruff.

"Peki evet, sen tamamen deri ve kemiksin," diye onayladı Canavar.
"Sende hiç et yok. Ağabeyini bekleyeceğim."
Böylece birinci Teke Graf köprüden geçti ve taze yeşil otları
yemeye başladı.

"Well yes, you *are* all skin and bones," agreed the Troll. "There's no
meat on you. I'll wait for your bigger brother."
So the first Billy Goat Gruff crossed over the bridge and started to eat
the fresh green grass.

İkinci Teke Graf söylendi, "Eğer benim küçük kardeşim köprüden karşıya geçebilirse, o zaman ben de geçebilirim!"
Takur tukur, takur tukur köprüden geçtiği anda …

The second Billy Goat Gruff said, "If my little brother can cross the bridge, then so can I!"
Trip trap, trip trap across the bridge he went when ...

Bir ses gürledi: "**Benim** köprümün üstünde **takur tukurdıyan** kim?"
"Sadece benim," dedi ortanca Teke Graf, ince ve korkak bir ses ile.

a voice roared: "Who's that **trip trapping** on **my** bridge?"
"It's only me," said the middle Billy Goat Gruff, in a small, scared voice.

"Peki, ben acımasızım, ve ben açım ve ben seni yiyip bitireceğim!" diye kükredi Canavar.
"Lütfen beni yeme. Ben küçük ve zayıfım. Benim ağabeyim geliyor ve o benden çok daha büyük," diye yalvardı ortanca Teke Graf.

"Well, I'm mean, and I'm hungry and I'm going to eat you up!" growled the Troll.
"Please don't eat me. I'm only little and thin. My other brother is coming and he's much much bigger than me," pleaded the middle Billy Goat Gruff.

"Doğru, sen tamamen deri ve kemiksin," deyi onayladı Canavar.
"Sende yeteri kadar et yok. Ağabeyini bekleyeceğim."
Böylece ikinci Teke Graf köprüden geçti ve taze yeşil otları
yemeye başladı.

"That's true, you *are* all skin and bones," agreed the Troll. "There's
not enough meat on you. I'll wait for your bigger brother."
So the second Billy Goat Gruff crossed over the bridge and started
to eat the fresh green grass.

Şimdi, taze yeşil otlakta iki teke ve geride bırakılan çok aç bir teke vardı. En büyük üçüncü Teke Graf köprünün üstünden nasıl geçebilecekti?

Now there were two billy goats in the fresh green meadow and one very hungry billy goat left behind.
How could the third and oldest Billy Goat Gruff cross over the bridge?

"Peki," diye üçüncü Teke Graf düşündü. "Eğer öbürleri köprüden karşıya geçebilirlerse, o zaman ben de geçebilirim!"
Takur tukur, takur tukur köprüden geçtiği anda …

"Well," thought the third Billy Goat Gruff. "If the others can cross that bridge then so can I!"
Trip trap, trip trap across the bridge he went when ...

Bir ses gürledi: “**Benim** köprümün üstünde **takur tukurdıyan** kim?”
“Benim!” diye bağırdı en büyük Teke Graf. “Ve ben büyüğüm, ve ben kuvvetliyim, ve ben senden korkmuyorum!” - ama aslında korkuyordu.

a voice roared: “Who’s that **trip trapping** on **my** bridge?”
“It’s me!” bellowed the oldest Billy Goat Gruff. “And I’m big, and I’m strong, and I’m not scared of you!” - although he really was.

"Peki, ben acımasızım, ve ben açım ve ben seni yiyip bitireceğim!" diye kükredi Canavar. "Sen öyle düşün!" dedi en büyük Teke Graf. "Sen acımasız olabilirsin, ve sen aç olabilirsin. Ama beni yemek istiyorsan, gel beni yakala."

"Well, I'm mean, and I'm hungry and I'm going to eat you up!" growled the Troll. "That's what you think!" said the oldest Billy Goat Gruff. "You may be mean, and you may be hungry. But if you want to eat me, come and get me."

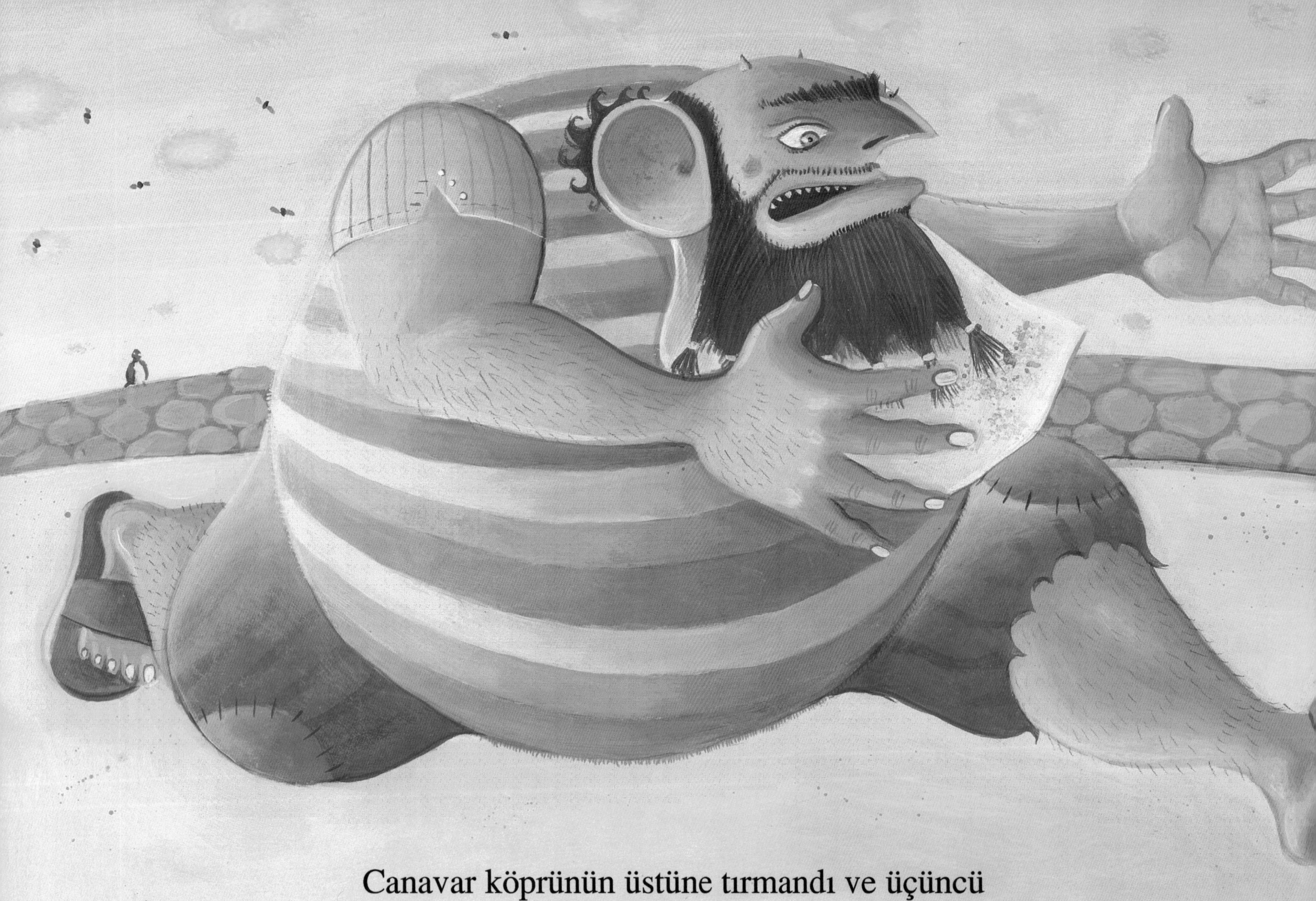

Canavar köprünün üstüne tırmandı ve üçüncü
Teke Graf'a doğru hızla yaklaştı.

The Troll climbed onto the bridge and rushed towards
the third Billy Goat Gruff.

Ama üçüncü Teke Graf onun için hazırdı. Boynuzlarını indirdi, toynakları ile tepindi ... **Takur tukur, takur tukur** ... Ve Canavara doğru hızla hücum etti.

But the third Billy Goat Gruff was ready for him. He lowered his horns, he stamped his hooves ... **trip trap, trip trap** ... and charged towards the Troll.

Üçüncü Teke Graf büyük keskin boynuzları ile acımasız ve aç Canavara tos vurdu.

The third Billy Goat Gruff butted that mean and hungry Troll with his big sharp horns.

Ve Canavar havaya uçtu.

The Troll went flying through the air.

Ve kocaman bir su sıçratarak soğuk suya düştü.

He landed with a mighty splash, in the cold cold water.

Derin, derin nehir acımasız ve aç Canavarı dışarıya denize taşıdı ve o bir daha hiç görünmedi.

The deep deep river carried the mean and hungry Troll out to sea and he was never seen again.

Yoksa göründü mü?

Or was he?

Şimdi üc Teke Graf artık aç değiller. Onlar, istedikleri kadar taze yeşil ot yiyebilirler. Ve köprü boyunca istedikleri zaman **takur tukur** yapabilirler.

Now the three Billy Goats Gruff aren't hungry anymore. They can eat as much fresh green grass as they want. And they can **trip trap** across the bridge whenever they like.

For Debbie, Sara, Katey, Jimbo, Rob & all the trolls!
H.B.

To Mum, Dad, Laura & David
R.J.

First published in 2001 by Mantra Lingua
Global House, 303 Ballards Lane, London N12 8NP
www.mantralingua.com

This sound enabled edition published 2019

Printed in Letchworth, UK. PE200619PB07196245

A CIP record for this book is available from the British Library